AF312832

MEUBLES ET SIÈGES ANCIENS

BRONZES D'ART ET D'AMEUBLEMENT

SCULPTURES

OBJETS DIVERS

Appartenant à M. X...

VENTE DU 1er MARS 1906

IMPRIMERIE DE L'ART.

CATALOGUE

DES

Meubles et Sièges Anciens

DU XVIIIᵉ SIÈCLE

FAIENCES ET PORCELAINES

BRONZES D'ART ET D'AMEUBLEMENT

Pendules des Époques Louis XIII, Louis XIV, Louis XV et Louis XVI

SCULPTURES EN MARBRE — TERRES CUITES

OBJETS DIVERS

GLACES ANCIENNES, TRUMEAUX

Le tout appartenant à M. X***

Dont la vente aux enchères publiques

AURA LIEU

HOTEL DROUOT, SALLE Nᵒ 11

LE JEUDI 1ʳᵉ MARS 1906

à deux heures

COMMISSAIRE-PRISEUR	EXPERTS
Mᵉ **MAURICE DELESTRE**	MM. **PAULME & B. LASQUIN FILS**
5, rue Saint-Georges	10, rue Chauchat | 12, rue Laffitte

PARIS

Chez lesquels se distribue le présent Catalogue

EXPOSITION PUBLIQUE

Le Mercredi 28 Février 1906, Salle nᵒ 11, de 1 heure 1/2 à 5 heures 1/2

CONDITIONS DE LA VENTE

Elle sera faite au comptant.

Les adjudicataires payeront *dix pour cent* en sus des enchères.

L'exposition mettant le public à même de se rendre compte de l'état et de la nature des objets, aucune réclamation ne sera admise, une fois l'adjudication prononcée.

Paris. — Imprimerie de l'Art, E. Moreau et Cie, 11, rue de la Victoire.

DÉSIGNATION

FAIENCES ET PORCELAINES

1 — Trois tasses en porcelaine, montures en bronze
doré, à feuillages et fleurettes,

2 — Statuette équestre, de Napoléon Ier, en biscuit.

3 — Vase en porcelaine de Chine, décor bleu à
feuillages.

4 — Deux pots à pharmacie en ancienne faïence
italienne, décor à ramages et médaillons, de
têtes d'évêques et guerrier.

5 — Deux vases en faïence, décor à fleurs, et une
jardinière.

6 — Paire de vases en porcelaine, à piédouche,
décor en trompe l'œil, avec réserves, corbeilles
fleuries ; anses têtes de béliers.

7 — Grand vase de pharmacie, avec couvercle,
formant fontaine, en ancienne faïence italienne.
(Fêlures.)

8 — Deux vases en faïence, sur piédouche, anses
à mascarons de femmes, décor bleu, à lambrequins et arabesques, avec réserves à sujets
mythologiques.

9 — Plat creux en porcelaine de Chine.

10 — Bassin, sur trois pieds, en porcelaine de
Chine, décor bleu.

11 — Bol et son couvercle en porcelaine de Chine,
décor de chrysanthèmes.

12 — Grand plat rond en porcelaine de Chine, bordure festonnée, décor de lambrequins et arabesques.

13 — Deux bols en porcelaine de Chine, décor à
fleurs en couleur, sur fond bleu.

14 — Soupière, avec son couvercle, en porcelaine du
Japon, décor bleu, rouge et or.

15 — Autre petite soupière analogue.

16 — Bol en porcelaine du Japon, décor bleu, rouge
et or.

BRONZES
D'ART ET D'AMEUBLEMENT
PENDULES

17 — Deux bouts de table, à deux lumières, en bronze argenté. Epoque Louis XIV.

18 — Paire de chandeliers en bronze doré à feuillages. Epoque Louis XV.

19 — Paire de chandeliers en bronze doré. Epoque Louis XV.

20 — Paire de flambeaux en bronze ciselé et doré. Epoque Louis XVI.

21 — Paire de flambeaux en bronze ciselé et doré, à cannelures et feuilles d'acanthe. Epoque Louis XVI.

22 — Paire de flambeaux en bronze ciselé et doré, sur base en marbre blanc. Epoque Louis XVI.

23 — Paire de petits flambeaux en bronze ciselé et doré, à trépied, sur base en marbre blanc. Epoque Louis XVI.

24 — Paire de petits flambeaux cassolettes, forme vase, en bronze ciselé et doré. Epoque Louis XVI.

25 — Deux appliques à une lumière, en bronze
doré. Epoque Louis XIV.

26 — Paire de chenets en bronze argenté. Epoque
Louis XIV.

27 — Paire de chenets, modèle à vases, en bronze
doré. Epoque Louis XVI.

28 — Paire de chenets, modèle à enfants couchés,
et vases en bronze doré. Epoque Louis XVI,

29 — Encrier en bronze doré, formé d'un chien
habillé en chasseur et jouant du cor.

30 — Bougeoir de bureau, à deux lumières, en
bronze gravé et argenté.

31 — Quatre panneaux en bronze, de forme ovale,
encadrés, représentant l'allégorie des arts en
bas-relief. Signés : *J.-B. Germain*, *1769*.

32 — Deux statuettes : jardiniers et jardinières, en
bronze patiné, sur socle marbre bleu turquin.

33 — Vase en bronze, avec sujets d'après l'antique,
en relief, sur la panse.

34 — Pendule religieuse Louis XIV en marqueterie
d'écaille et de cuivre, ornée de bronzes dorés.

35 — Cartel-applique en bronze ciselé et doré, surmonté d'une figurine de mercure. Epoque Louis XVI.

36 — Pendule en marbre de couleur et marbre blanc, surmontée d'une figure de Diane en bronze ciselé et doré, frises dans la ceinture. Epoque Louis XVI.

37 — Petite pendule, forme monument, en marbre noir et blanc; le cadran surmonté d'une figurine en biscuit. Epoque Louis XVI.

38 — Petite pendule en bronze doré, le cadran sur un fût de colonne à cannelures, sur socle avec attributs de jardinier.

39 — Pendule, en forme de pyramide, en marbre blanc, surmontée d'un aigle en bronze doré et ornée de trophées et draperies en bronze doré; elle repose sur une base en marbre bleu turquin.

SCULPTURES EN MARBRE
TERRES CUITES

40 — Deux petits bustes de Molière et de La Fontaine en terre cuite. Epoque Louis XIV.

41 — Statuette de page, en costume de cour, poly-

chrome ; il tient une branche porte-flambeau en
fer forgé. Epoque Louis XIV.

42 — Deux statuettes d'homme en terre cuite.
Signée : *Holain*.

43 — Petit bas-relief en terre cuite : enfants et
agneau, dans un cadre en bois sculpté.

350 44 — Petite statuette d'enfant en terre cuite.
xviiie siècle.

45 — Tête d'enfant en marbre blanc. xviiie siècle.
(Fragment.)

150 46 — Buste d'enfant en terre cuite, sur socle en
marbre, orné de bronzes dorés, de *Saint-Mar-
ceau*.

310 47 — Buste d'homme et de femme en marbre blanc.
Fin du xvie siècle.

105 48 — Buste de Méduse en marbre blanc. (Accident
et manques.)

49 — Buste, représentant le lieutenant général
Comte Belliard, en plâtre, par *Michaton, 1814*.

OBJETS DIVERS

GLACES

1.100

50 — Paire de vases en verre vert, monture en bronze doré. Epoque Louis XVI.

51 — Deux porte-montres en bois sculpté. Epoques Louis XV et Louis XVI.

162

52 — Vase en fer forgé, en forme de hanap, sur socle en bois sculpté, à figures d'anges.

53 — Pied en fer forgé.

54 — Bénitier en bois sculpté. XVIIe siècle.

55 — Épée, avec son fourreau en cuir.

56 — Deux fragments : réductions de temple à colonnade.

57 — Veilleuse d'église en cuivre, transformée en jardinière.

58 — Deux gargoulettes et broc en cuivre.

59 — Deux panneaux de boiserie en bois sculpté, peint gris et doré, avec amours dans un médaillon. Epoque Louis XIV.

60 — Miroir, avec cadre, en bois noir sculpté. Epoque Louis XIII.

61 — Quatre panneaux en cuir, représentant des
sujets bibliques. XVIIᵉ siècle.

62 — Glace dans un encadrement en bois sculpté,
relaqué blanc. Epoque Louis XIV.

195

63 — Glace-trumeau en bois sculpté, relaqué blanc.
Epoque Louis XIV.

125

64 — Miroir ovale, cadre en bois sculpté et doré.
Epoque Louis XIV.

65 — Glace en bois sculpté et doré, à fronton et
compartiments. Epoque de la Régence.

250

66 — Glace, cadre en bois sculpté et doré, avec
fronton mobile. Epoque de la Régence.

270

67 — Glace avec cadre en bois sculpté et doré, bordure ajourée. Epoque de la Régence.

193

68 — Glace dans un encadrement en bois sculpté, à
feuillages et rocailles, relaqué blanc. Epoque
Louis XV.

69 — Deux miroirs dans des cadres italiens en bois
sculpté.

140

70 — Trumeau en bois sculpté, peint blanc et doré.
Epoque Louis XVI.

71 — Deux glaces étroites avec cadre en bois sculpté.

couronnées d'un panier fleuri, relaqué blanc et doré en partie. Epoque Louis XVI.

72 — Glace avec cadre en bois sculpté, fronton à palmes de laurier, relaqué blanc. Epoque Louis XVI.

73 — Éventail, monture en ivoire ajouré et décoré, avec feuille peinte à la gouache, à sujets champêtres dans des réserves. Epoque Louis XV.

74 — Éventail avec feuille, gravure à sujet galant. Epoque Empire.

75 — Un éventail Louis XV.

76 — Autre éventail Louis XV.

77 — Deux écrans à main, à feuilles rondes, décorées de sujets galants.

MEUBLES ANCIENS

78 — Commode en marqueterie de cuivre et d'écaille, à sujets de personnages dans des rinceaux et arabesques. Elle ouvre à quatre tiroirs. Epoque Louis XIV.

79 — Table, à quatre pieds et croisillons, en bois sculpté, époque Louis XIV, recouverte de tapisserie au petit point, avec franges dorées.

80 — Console-support en bois sculpté et doré. Epoque Louis XIV.

81 — Petite console, à un pied, en bois sculpté. Epoque Louis XIV.

100

82 — Cartonnier, avec son dessus, en bois noir et filets de cuivre; orné d'ornements en bronze doré. Epoque Louis XIV.

120

83 — Ecran en bois sculpté, époque Louis XIV, avec feuille en tapisserie au petit point.

280

84 — Console en bois sculpté, à deux pieds, à rocailles et guirlandes de fleurs. Epoque Louis XV.

145

85 — Console en bois sculpté, peinte en blanc. Epoque Louis XV.

400

86 — Console en fer forgé et en partie dorée, ornée de mascarons. Dessus de marbre. Epoque Louis XV.

87 — Table à trois pieds, de forme contournée, en marqueterie de bois de placage, de style Louis XV.

395

88 — Commode en bois satiné à ressaut, ouvrant à trois tiroirs, ornée de chutes, poignées, entrées de serrures, culs-de-lampe en bronze doré. Dessus de marbre blanc. Epoque fin Louis XV.

510   89 — Grand bureau, à cylindre à lamettes, en acajou. Poignées, entrées de serrures en bronze
doré. Epoque Louis XVI.

740   90 — Chiffonnier en acajou, à six rangs de tiroirs.
Il est orné de chutes, poignées entrées de serrures en bronze doré. Dessus de marbre. Il
porte l'estampille de *Montigny, maître ébéniste.*
Epoque Louis XVI.

200   91 — Desserte à coins arrondis, avec tablette d'entrejambe, en acajou. Epoque Louis XVI.

315   92 — Bibliothèque étroite en bois de violette et pa-
lissandre, ouvrant à deux portes grillagées.
Epoque Louis XVI.

260   93 — Bibliothèque en acajou, ouvrant à deux portes
vitrées. Dessus de marbre blanc et galeries de
cuivre. Epoque Louis XVI.

700   94 — Desserte-étagère en acajou, à quatre plateaux
tournant. Epoque Louis XVI.

95 — Console en bois sculpté, à deux pieds reliés
par une entrejambe, à vase couronné d'une
flamme, relaqué blanc et en partie doré. Epoque
Louis XVI.

150   96 — Console en bois sculpté, relaqué blanc et en
partie doré. Dessus de marbre. Epoque Louis
XVI.

97 — Deux petites encoignures en bois de placage, ouvrant à une porte, offrant un médaillon ovale à bouquets de fleurs et attributs de musique en marqueterie de bois de couleur. Dessus de marbre. Epoque Louis XVI.

98 — Petite table à volets en acajou, filetée de bois clair; à quatre pieds carrés à cannelures. Epoque Louis XVI.

99 — Très petit guéridon à trois pieds en acajou, orné de bronzes dorés, dessus de marbre et galerie de cuivre. Epoque Louis XVI.

100 — Petit guéridon-plateau à bascule, reposant sur trois pieds détachés, reliés par une tablette d'entrejambe, en acajou. Epoque Louis XVI.

101 — Petit guéridon à trois pieds en acajou, dessus de marbre et galerie de cuivre. Epoque Louis XVI.

102 — Deux fûts de colonnes à cannelures, couronnés par un chapiteau composite en bois sculpté et doré.

103 — Table de nuit, de forme ovale, en bois satiné, ouvrant à coulisse et un tiroir, dessus de marbre. Poignées et baguettes en bronze doré. Epoque Louis XVI.

104 — Console en bois sculpté, relaqué blanc. Epoque Louis XVI.

165 105 — Table-bouillotte en acajou, filets de cuivre. Époque Louis XVI.

106 — Guéridon à plateau à bascule en acajou, pieds à cannelures. Époque Louis XVI.

175 107 — Bureau, avec dessus formant armoire, ouvrant à deux portes, en laque noire de Chine, dessus de marbre blanc et galerie de cuivre. Il est orné de baguettes, entrées de serrures, sabots et poignées en bronze doré.

225 108 — Commode ouvrant à deux tiroirs. Même travail que le meuble précédent.

SIÈGES ANCIENS

145 109 — Bergère en bois sculpté, époque Louis XIV, et relaquée en blanc, recouverte de velours ciselé à rayures.

110 — Chaise en bois sculpté, époque Louis XIV, recouverte en panne rouge moderne, ornée d'applications de bouquets, rinceaux, amours en ancien tapis de la Savonnerie. Époque Louis XIV.

111 — Banquette en bois sculpté, de l'époque Louis XIV, recouverte de velours à fleurettes et rayures rouges, sur fond bleu.

155 112 — Chaise, à haut dossier, en bois sculpté,

époque Louis XIV, recouverte de velours à ramages rouges.

145

113 — Deux fauteuils en bois sculpté, époque Louis XIV, recouverts d'étoffe jaune, avec applications de broderie.

300

114 — Fauteuil en bois sculpté, époque Louis XIV, recouvert de velours à ramages rouges.

570

115 — Grand fauteuil en bois sculpté et doré, époque Louis XIV, recouvert d'étoffe jaune, avec applications de broderie.

116 — Prie-Dieu, articulé, en bois sculpté, époque Louis XIV, se transformant en fauteuil, recouvert de velours rouge à ramages.

117 — Tabouret, de pied, en bois sculpté, époque Louis XIV, recouvert en velours.

320

118 — Six chaises, de salle à manger, en bois sculpté et canné. Époque Louis XIV.

119 — Chaise en bois sculpté, époque Louis XV, recouverte de velours à fleurettes et rayures rouges, sur fond blanc.

120 — Chaise en bois sculpté, époque Louis XV, recouverte de velours à ramages rouges.

121 — Fauteuil en bois sculpté, époque Louis XV, recouvert de panne rouge.

122 — Deux banquettes en bois sculpté, époque Louis XVI, peintes en gris, avec coussins mobiles, recouverts de velours à dessins verts, sur fond blanc.

130

123 — Fauteuil en bois sculpté et laqué blanc, à pieds fuselés, recouvert de velours épinglé. Epoque Louis XVI.

1.160

124 — Fauteuil, chaise basse et quatre chaises légères en bois sculpté, époque Louis XVI, relaqués blanc, recouverts en ancienne tapisserie d'Aubusson à bouquets de fleurs (restaurations), sur contrefond crème (moderne).

125 — Chaise en bois sculpté, à dossier bas, époque Louis XVI, recouvert de velours à rayures feuillagées.

126 — Deux chaises en bois sculpté, dossiers à médaillons, époque Louis XVI, relaquées blanc et recouvertes de velours ciselé à rayures.

TAPIS

255

127 — Bandeau en tapisserie au point, guirlandes de fleurs. Epoque Louis XIV.

128 — Deux bandes de tapisserie d'Aubusson moderne.

129 — Deux coussins en tapisserie au petit point.
Epoque Louis XIV.

130 — Carpette orientale, à rayures.

131 — Carpette orientale, à dessins sur fond rouge,
bordure à fond blanc.

132 — Chemin, tapis oriental, à dessins d'arabesques.

133 — Chemin, analogue au précédent.

134 — Carpette orientale, à cinq bordures, le milieu
fond rouge.

www.ingramcontent.com/pod-product-compliance
Ingram Content Group UK Ltd.
Pitfield, Milton Keynes, MK11 3LW, UK
UKHW031711170726
13836UKWH00001B/182